아침은 어떤 날이든 마음을 설레게 해.
오늘 하루 무슨 일이 생길지 모르니까.

오늘이 나에게 줄 깜짝선물을 생각하면
가슴이 두근거려.

앤의 행복 사전

글 김은아 그림 하선정

담다

프롤로그

단어 꽃이 피어나는 앤의 정원에서

『앤과 함께 프린스에드워드섬을 걷다』와 『친애하는 나의 앤, 우리의 계절에게』에 이은 세 번째 앤 이야기를 펼친다. 누군가는 또 앤이냐고 말할지도 모르겠지만, 이번에는 앤이 사랑한 단어다. 첫 책에서는 앤 이야기의 주요 무대인 프린스에드워드섬이라는 공간을, 두 번째 책에서는 여덟 권 앤 이야기 속의 문장을 다루었고, 세 번째 책에서는 단어를 글감으로 삼았다. 크고 먼 데서 작고 가까운 곳으로 자연스럽게 옮겨지는 게 신기하다.

루시 모드 몽고메리(Lucy Maud Montgomery, 1874~1942) 작가와 앤을 오랫동안 좋아해 온 독자에서 이제는 그들에 관한 이야기를 글로 쓰는 사람이 되고 나니 욕심이 생긴다. 앤에 관해서라면 어떤 이야기든 다 해 보고 싶다. 하지만 그 행위가 결코 가벼워서는 안 되며, 몽고메리의 삶과 소설 앤에 대한 이해와 바로 알기가 전제되어야 하기에 매일 그 주위를 맴돌며 책을 펼치고 자료를 찾아 읽는다.

애정이라는 마음의 스크랩북이 한 권씩 채워질 때마다 뿌듯함을 느낀다. 일상에서 크고 작은 성취를 이룰 때마다 행복하게 미소 짓는 앤을 닮아 간다. 맛있는 케이크를 완성했을 때, 책 한 권을 다 읽었을 때, 바느질을 마무리했을 때, 과제와 공부에 재미를 느낄 때, 시험에 통과했을 때, 설거지를 끝냈을 때. 앤은 자신이 하는 일에 의미를 부여하며 한껏 기쁨을 누렸다. 4권 『바람 부는 포플러나무집의 앤』 7장에 나오는 "모방은 가장 순수한 아첨이다"라는 말처럼 앤을 따라 하는 일이 나만의 독후감이 된 지금, 나는 소설 속 인물의 감정마저 따라 한다.

세 번째 앤 이야기를 쓰는 내내 '설렘'이라는 단어가 맴돌았다. 국어사전에는 "마음이 가라앉지 아니하고 들떠서 두근거림. 또는 그런 느낌"이라고 적혀 있다. 앤은 설렘을 어떻게 정의할까? "매슈 아저씨, 설렘을 말로 설명해야 한다면 세상을 향한 끝없는 경이와 꿈을 품게 하는 감정일 거예요"라고 말할 것 같다. 『앤의 행복 사전』은 이런 식의 단어 풀이로 채워진 책이다. 앤이 사랑한 단어를 사전적 정의가 아닌, 앤의 언어로 재해석해 엮었다.

여덟 권의 앤 이야기를 읽다 보면 반복해 등장하는 단어가 많다는 사실을 알게 된다. 이는 모두 앤의 인생을 풍요롭게 하고 일, 사랑, 우정이라는 인생 3대 과업을 성취하도록 이끈 자양분이다. 그냥 단어가 아니다. 세상을 바라보는 창이고, 자신을 사랑하는 태도이며, 사람과 사람의 마음을 이어 주는 가교架橋다. 그 단어들은 낙담한 앤을 위로해 주었고, 때로는 기쁨을 선사했으며, 가끔은 아픔을 견디는 힘이 되어 주었다. 앤은 자기 삶 속에서 의미 있는 단어를 부지런히 찾아 행동으로 옮기며 아름다운 자신의 모습을 완성해 나갔다.

우리는 앞만 보고 달리느라, 비교하고 경쟁하느라 주변에 있는 자연의 신비와 아름다움, 생명의 소중함, 일상의 행복을 놓치고 있다는 사실을 자주 잊는다. 지지 않으려고, 만만하게 보이지 않으려고, 손해 보지 않으려고, 상처받지 않으려고 방어라는 갑옷을 입고 경계라는 방패를 들고 매일 인생의 링 위에 오른다. 모양만 둥글 뿐 그 링은 곳곳이 각져 있다. 그 위에서 서로를 공격하고 막느라 바쁘다. 집에 돌아와 너덜너덜해진 마음을 소독하고 연고를 바르고 밴드를 붙인다. 그래서 우리는 앤을 좋아하고 마음속 친구로 두고 있는지도 모른다. 위로받기 위해. 앤을 생각하면 저절로 행복해지니까. 그리고 그 친구에게 묻는다.

"앤, 행복은 어디에서 오는 거니?"

앤의 대답은 분명하고 한결같다. 열한 살에 초록지붕집으로 온 이

후부터 8권의 이야기가 끝나는 쉰세 살까지 그녀는 멀리 있는 행복을 좇지 않았다. 작지만 확실한 행복을 매일매일, 매 순간 길어 올렸다. 길버트와 산책하며, 벚꽃잎이 휘날리는 창가에 앉아, 오래된 시집을 읽고 마음의 벗과 대화를 나누며, 서로 다른 고요 속에서, 결혼 후 낳은 여섯 아이의 웃음소리 속에서 행복과 기쁨을 발견했다. 그렇기에 앤이 사랑한 단어들은 오늘날을 사는 우리에게 더 넓고 깊은 파장으로 다가온다. 앤은 이렇게 말한다. 삶의 속도를 조금만 늦추고, 세상을 부드럽게 바라보라고.

그래서 앤이 걸어간 길 위에 남겨진 단어들을 모아 보았다. 그녀가 사랑한 단어들은 평범하다. 대단하거나 심오한 뜻을 품고 있지 않지만, 앤의 시선이 머물면서 특별한 힘이 생겼다. 앤의 인생을 행복하게 만든 단어들은 우리 삶도 단단하게 만들어 준다.

여덟 권의 앤 시리즈 속에서 찾은 87개의 단어를 '자연, 시간, 일상, 태도, 성장, 치유, 함께'라는 일곱 개의 주제로 나누어 묶었다. 단어마다 앤 특유의 다정한 언어로 정의를 내리고 그 옆에는 독자들이 자기만의 정의를 내려 보는 '은유 표현 글쓰기' 공간을 마련했다. 이는 사유와 글쓰기라는 적극적인 독후 활동으로 이끈다. 부록으로 앤이 사랑한 풍경과 소중하게 여긴 것들을 색으로 채워 보는 컬러링 북 페이지도 두었다.

이는 독자들을 위한 선물이다. 색채를 사랑한 앤의 시선을 따라 공간을 정성껏 채우고 나면 자신의 손끝에서 탄생한 예쁜 엽서를 만나게 된다.

삶은 여러 가지 맛을 낸다. 달고 맵고 쓰고 짜고 쌉쌀하고 시큼하다. 앤은 종종 인생을 요리에 빗대어 말하곤 했다. 그래서 인생은 재미있는 거라고. 그리고 앤은 우리에게 가르쳐 주었다. 용기와 상상력으로 채워진 하루가 얼마나 환하게 빛나는지를, 친절과 이해로 물든 관계가 얼마나 따뜻한지를, 사랑과 믿음으로 지은 집이 얼마나 단단한지를. 잠시 멈추어 해 질 녘의 노을을 바라보는 것도, 친구에게 손 편지를 쓰는 것도, 이웃과 케이크를 나누는 것도 모두 감동적인 경험이 될 수 있음을. 그 속에서 저지르는 실수와 잘못, 그로 인한 좌절과 후회 또한 자신을 더 영글게 만드는 삶의 한 부분이라고….

『앤의 행복 사전』이 잊고 있던 일상의 즐거움을, 관계의 따스함을, 인생의 문을 여는 방법을, 그리고 '자신'이라는 우주의 무한한 가능성을 발견하는 데 조금이나마 도움이 되기를 바란다.

저마다의 행복 사전이 탄생하기를 기대하며

김은아

차례

3장. 일상 작지만 확실한 행복을 길어 올리며

4장. 태도 생각과 행동을 반듯하게 다지며

5장. 성장 더 나은 내가 되기 위해

6장. 치유 마음을 다독이고 보듬으며

1장 자연

침묵의 상담사를 벗 삼아

나무

나무는 가장 믿음직스러운 상담사야.

비밀을 퍼트리지 않고

저마다의 방식으로 위로를 건네니까.

벚나무는 황홀한 꽃비로,

포플러는 사그락거리는 노래로,

뿌리 깊은 소나무는 우리를 겸손으로 이끌고,

찬 서리 맞은 전나무들은 묵묵함으로

다시 살아갈 힘을 일깨워 주지.

나의 행복 사전

꽃

꽃을 한마디로 표현한다면 감탄사가 아닐까?

그 어떤 말로도 꽃의 절정을 묘사하는 건 힘들어.

수선화, 작약, 금영화, 라일락, 팬지, 제비꽃, 들장미,

6월의 백합, 수선화, 아이리스, 산사나무꽃, 모란,

데이지, 튤립, 해당화.

그들 앞에서 할 수 있는 말이 있다면

'어머나, 어쩜!'이겠지.

나의 행복 사전

앤의 행복 사전

들판

들판은 자연의 어머니야.

무엇이든 품어서 자라게 하니까.

밀도, 보리도, 감자도, 작은 들꽃도, 가냘픈 나무도,

이름 모를 풀도.

쉬어 가는 새들을 환영하고

벌레들에게는 양분 가득한 터전을 내어주지.

하늘과 맞닿은 이 넓은 땅은 생명을 차별하지 않는

어머니의 품과 같아.

나의 행복 사전

바람

바람은 슬픈 영혼이야.

이 세상이 시작된 순간부터 생겨난 모든 슬픔을

기억하고 있기 때문이지.

하지만 바람은 전나무 꼭대기로,

단풍나무 가지 사이로, 산마루를 넘어, 개울을 폴짝 뛰어,

하늘을 휘젓고, 땅을 낮게 지나며 그 슬픔을 비워 내.

가르랑거리고 휘파람을 불면서.

나의 행복 사전

햇살

햇살은 최면을 거는 황금빛 가루야.

진지하게 살아야 할 세상,

책임질 것 많은 세상이 고단하게 느껴질 때는

온통 노란 햇살에 둘러싸여 봐.

이렇게 속삭이는 소리가 들릴 거야.

"어때? 여전히 이 세상은 살 만한 가치가 있는 곳이지?"

그러면 정말 그렇게 느껴진다니까.

나의 행복 사전

달빛

달빛은 밤을 신비롭게 만드는 연금술사야.

어둠을 은빛으로 물들이고,

고요 속에서 숨은 이야기를 불러내니까.

달빛 아래서는 모든 것이 아름다워 보여.

하지만 가끔은 으스스하고 차갑게 느껴지기도 해.

어딘가 초연하고 쌀쌀한 데다

자기 일에만 집중하는 것처럼 보이거든.

나의 행복 사전

숲

"숲은 신께서 만든 최초의 신전이다."

어느 시인은 이렇게 말했어.

숲에서는 항상 경외심과 숭배하는 마음이 일어나니까.

그 신전에서는 나뭇잎이 성가를 부르고,

바람은 기도를 속삭이지.

사람의 손길이 닿지 않은 그곳에서,

우리는 본능적으로 고개를 숙이고 마음을 비우게 돼.

나의 행복 사전

바다

바다는 끝을 알 수 없는 푸른 서사시야.

그 깊은 곳엔 수많은 이야기가 출렁이고 있으니까.

파도는 시구를 읊고, 바람은 운율을 맞추며,

시간은 머물다가 흔적도 없이 사라져 버려.

어떤 날은 잔잔한 서정시를,

어떤 날은 격렬한 서사시를 짓지만

우리는 겨우 그 한 줄을 읽을 뿐이지.

우리는 결코 바다의 신비와 비밀을 꿰뚫어 볼 수 없어.

그저 근처를 서성이며

경외심 가득한 눈빛으로 바라보게 돼.

나의 행복 사전

눈

눈은 요정들이 밤새 짜 놓은 순백의 이불 같아.

만물의 초라함과 흉측함을 모두 덮어 주거든.

하얀 눈이 소복이 쌓인 아침을 맞이할 수 있다는 건

무척 행복한 일이야.

저 나무들을 좀 봐! 훅 불면 눈들이 날개를 펴고

나풀나풀 어디로든 날아갈 것 같지 않니?

나의 행복 사전

해변

해변은 바다의 모든 것을 알고 있는 유일한 목격자야.

바다의 나이, 파도의 기분, 밀려왔다 사라지는 물결의 비밀을.

해변은 시간이 흘러도

언제나 거기서 변함없이 바다를 기다려.

해변의 지고지순함을 닮을 수 있다면 얼마나 좋을까?

우리는 해변을 사랑하는 법을 배워야 해.

나의 행복 사전

무지개

무지개는 하늘이 우리에게 보내는 희망 편지라고 생각해.

비가 내린 후에야

비로소 저토록 아름다운 색이 나타나니까.

우리 인생도 마찬가지야.

힘든 순간이 지나고 나면 반드시

찬란한 무언가가 기다리고 있는 법이지.

그러니 조금만 더 견뎌 보라고 말하고 싶어.

나의 행복 사전

노을

노을은 짙은 그리움이야.

떠나는 사람이 마지막으로 뒤돌아보는 아련한 눈빛 같거든.

머물고 싶은 마음과 어쩔 수 없이 떠나야 하는

서글픔이 공존하는 것 같아.

가끔 이런 생각을 해.

저 끝까지 힘껏 달리면 노을에 닿을 수 있을까?

그곳에서 그리운 매슈 아저씨를 만날 수 있을까?

나의 행복 사전

2장 시간

부지런하고 올곧은 순환 속에서

봄

봄은 강력한 힘을 가진 마법사야.

아름답고 변덕스러우면서도

부활하고 성장하는 기적을 만들어 내니까.

젊은이든, 늙은이든, 행복한 사람이든, 울적한 사람이든

차별하지 않고 모두의 가슴을 설레게 해.

불가능한 일이 없어 보이는 봄이면

사람들이 유쾌하게 미치는 것 같아.

나의 행복 사전

여름

여름은 심장을 뛰게 만들어.

생명이라는 힘이

우리를 바다로, 숲으로, 계곡으로 향하게 하거든.

뜨거운 태양의 축제를 함께 즐길 수 있다는 건 축복이야.

매번 여름이 찾아오지만

똑같은 여름은 다시 오지 않아.

그러니까 억울하지 않으려면

해마다 여름을 마음껏 즐겨야겠지.

나의 행복 사전

가을

가을은 강렬한 색채로 노래하는 서정시야.

나무와 골짜기를 품은 세상이 온통

붉은빛과 황금빛으로 황홀하게 빛나니까.

가을의 정령이 깃든 10월의 단풍을 보고도

아무런 감흥을 느끼지 못한다면

아마도 그 사람은 실의에 빠졌거나

크게 상처받은 사람일지도 몰라.

나의 행복 사전

겨울

겨울은 하느님을 미소 짓게 하는 계절 같아.

빙판에서 미끄럼을 타는 아이들의 몸짓,

난롯가에 도란도란 모여 앉은 가족의 행복한 표정을

하느님은 다 보고 계시겠지.

눈썰매의 명랑한 방울 소리도,

찬바람이 문을 두들기는 소리도

하느님은 모두 듣고 계실걸.

나의 행복 사전

새벽

새벽은 일찍 일어난 자만이 누릴 수 있는 특권이야.

먼동이 틀 무렵 책상에 앉아 글을 쓰면

내 마음은 끝없는 가능성으로 가득 차는 듯해.

하늘이 서서히 밝아지고,

저 너머 긴 언덕에서

아침이 걸어오는 풍경을 바라보는 건

또 얼마나 큰 기쁨인지.

나의 행복 사전

아침

아침은 어떤 날이든 마음을 설레게 해.

오늘 하루 무슨 일이 생길지 모르니까.

오늘이 나에게 줄 깜짝선물을 생각하면 가슴이 두근거려.

특히 하늘이 더없이 맑고 푸른 아침에는

마치 온 세상이 나를 향해

반짝이며 인사하는 것만 같아.

나의 행복 사전

황혼녘

황혼녘은 땅거미보다 사랑스러운 말이야.

벨벳처럼 부드럽고 색의 깊이와 정취가 가득하잖아.

하루의 끝자락에서 모든 것이 잠시 숨을 고르는 시간이야.

황혼녘의 아름다움에 취해 있을 때만큼은

세상 모든 근심 걱정을 잊게 되지.

나의 행복 사전

앤의 행복 사전

밤

밤은 생각하기 좋은 시간이야.

과거와 현재 그리고 앞으로 다가올

내 삶의 온갖 것들이 떠오르거든.

가끔 한밤중에 잠에서 깰 때가 있잖아.

그런데 아직 어둠이 남아 있으면

그렇게 좋을 수가 없어.

다시 잠에 빠져 들어도 되니까.

그러고 보니 밤은 참 진철해.

나의 행복 사전

오늘

Today! 오늘은 정말 멋진 날이야.

삶을 온전히 기뻐하기 위한 날이지.

매일 이런 생각으로 오늘을 맞이하고

누릴 수 있다면 얼마나 좋을까.

이 세상에 태어났기에 오늘을 만날 수 있고

살아 있기에 찬란한 오늘을 누릴 수 있어.

이 중요한 사실을 잊지 말자고.

나의 행복 사전

내일

내일은 아직 아무런 실수도 하지 않은 새로운 날이야.

그러니 오늘 어리석은 짓을 했다고

너무 마음 쓸 필요 없어.

내일은 내일의 또 다른 바람이 부니까.

아, 만약 상상력이 풍부한 여자아이와

요정 나라의 지도를 만든다면

내일은 오늘의 동쪽이고

어제의 서쪽이 될 거야.

나의 행복 사전

앤의 행복 사전

새해

새해는 인생이라는 배가 오고 가는 항구 같아.

그 항구는 언제나 열려 있고

우리 삶은 해마다 그곳에서 출발해.

새해에는 무슨 일이 일어나든

최고의 선장이 대기하고 있으니

주저 말고 문 안으로 새해를 들이면 돼.

아, 그 선장이 누구냐고? 당연히 자기 자신이지.

나의 행복 사전

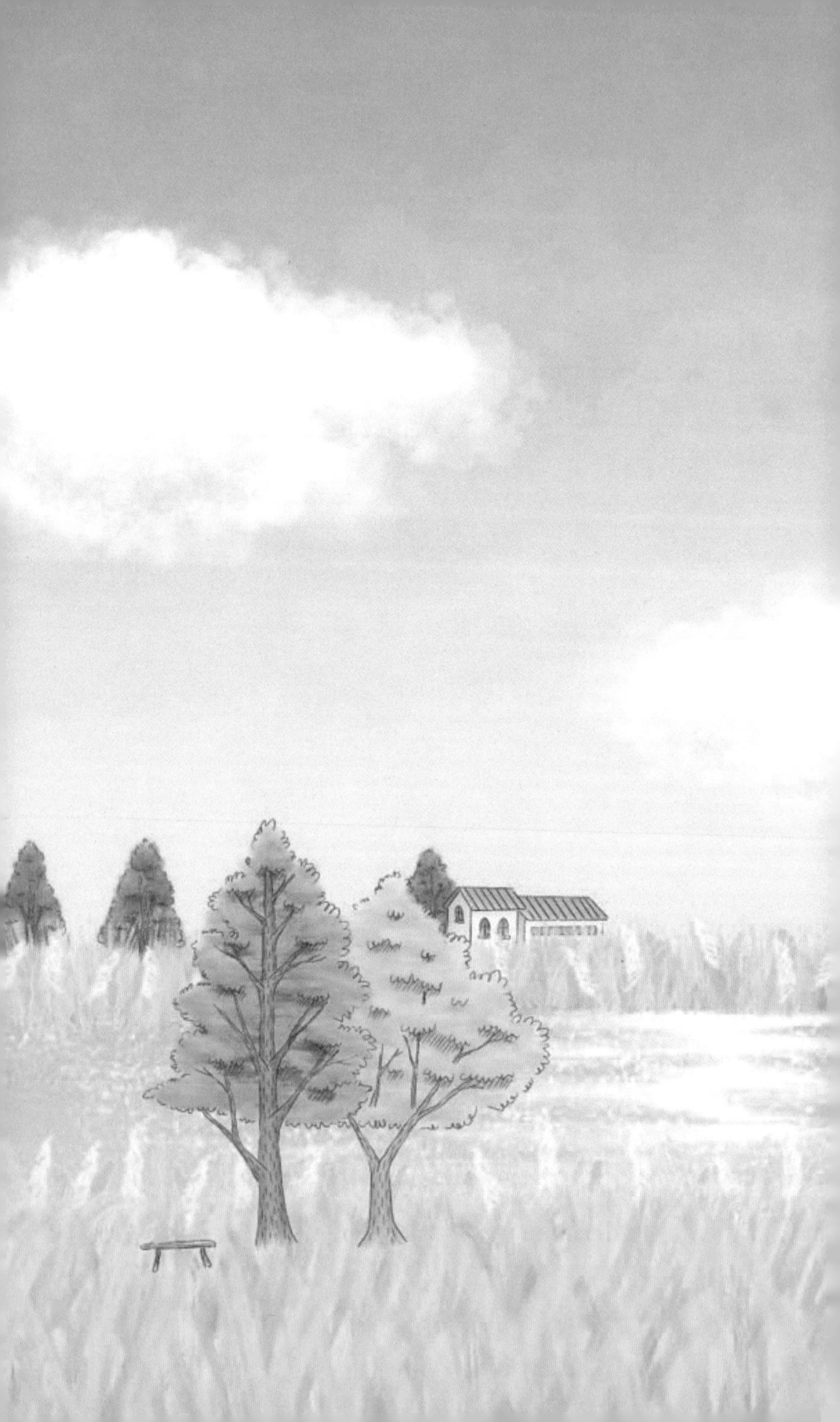

3장 일상

작지만 확실한 행복을 길어 올리며

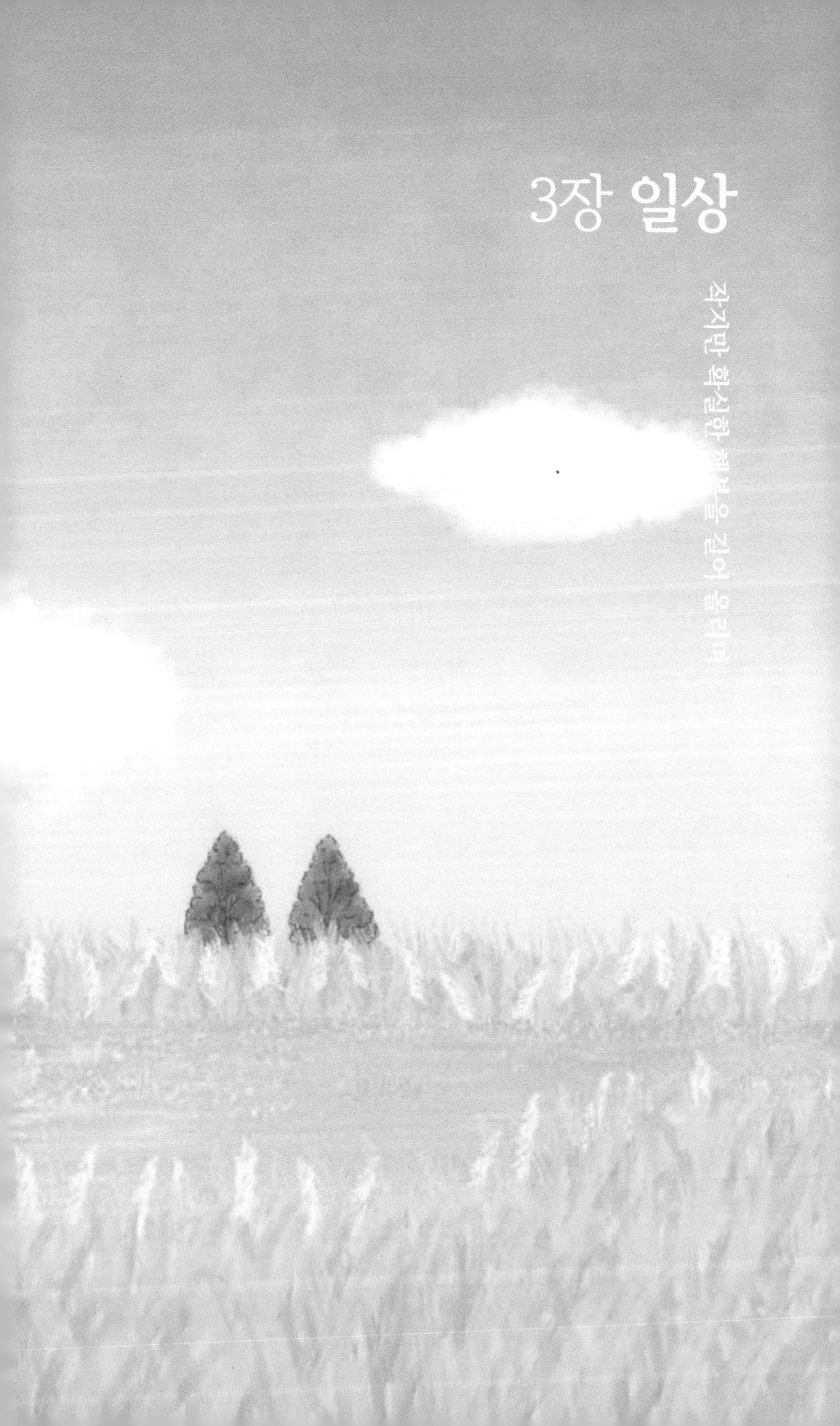

유머

유머는 삶이라는 축제를 더 풍미 있게 만드는 조미료야.

인간관계를 부드럽게 하고 인생을 즐겁게 만들거든.

실패와 곤경을 대수롭지 않게 여기는 방법을 알려 주기도 해.

씁쓸한 현실도 유머가 더해지면 쓴맛조차 깊은 맛을 내지.

그러니 어떤 순간에도 우리는 유머 감각을 잃어서는 안 돼.

나의 행복 사전

웃음

웃음은 영원한 공짜야.

공기와 신의 구원처럼 세금이 붙을 가능성은 없으니까.

만약 웃음에 세금이 붙는다면

물가가 아찔할 만큼 오르는 것보다

더 무섭고 한숨 나오는 일이 될 거야.

그건 그렇고 어머나 세상에!

이렇게 화해하게 될 줄은….

웃음이 모든 상황을 정리해 주다니.

나의 행복 사전

상상

상상하는 건 무척 즐겁고 유익한 일이야.

삶이 무겁게 느껴지거나

복잡한 일들이 나를 괴롭힐 때는

혼자 조용히 마법의 섬으로 항해를 다녀오렴.

그럼 마음이 한결 가벼워지고

어려운 문제가 조금 더 쉽게 해결될 거야.

현실과 공상 사이의 경계를 구분하고 지킬 줄 알면

인생의 고비를 헤쳐 나가는 데 도움이 된단다.

나의 행복 사전

낭만

낭만은 길버트와 앤처럼 결혼한 지 24년이 지나도록

서로의 이름을 다정하게 부르는 일이 아닐까.

시간이 흘러도 변치 않는 사랑처럼

아름다운 낭만은 없는 것 같아.

낭만적인 행동이란

거창하고 화려한 이벤트가 아니라,

일상에서 길어 올리는 작지만 확실한 행복이야.

나의 행복 사전

편지

편지는 서로 주고받는 일기가 아닐까?

적어도 두 사람은 알고 있는 자기 고백 같은 거니까.

종이 위의 단어들은 우리의 생각과 감정을 실어

그리운 이들에게 닿게 해.

편지는 사랑과 우정이 시간과 공간을 넘어

이어질 수 있다는 사실을 가장 잘 보여 주는 증거야.

나의 행복 사전

앤의 행복 사전

친구

친구는 같은 세계에 속한 존재들이야.

마음이 통하는 벗은 요셉을 아는 사람들이니까.

모르는 누군가와 친구가 되는 것도 삶을 흥미롭게 해.

하지만 아무리 새로운 친구를 많이 사귄다 해도

옛 친구만큼 정겨운 이들은 없겠지.

만약 그런 친구가 한 명도 없다면?

오, 생각만 해도 너무 끔찍한걸.

나의 행복 사전

시

시란 시냇물 속에 가만히 누운,

초록 이끼가 돋은 통나무 같아.

물은 그 위를 부드러운 손길로 빗어 내리듯 졸졸 흐르고

잔잔한 물결을 만들어 내거든.

한 줄기 햇빛이 비스듬히 스며들어 시냇물 아래까지

반짝이며 내려앉고 있잖아.

아, 저토록 아름다운 시가 있다니!

나의 행복 사전

선물

선물은 단순한 물건이 아니라,

마음의 형태를 가진 감동이야.

크기나 값어치가 중요한 게 아니라

그 안에 담긴 마음이 선물의 진정한 의미를 만드니까.

짧은 손 편지, 따뜻한 차 한 잔, 곱게 말린 나뭇잎 책갈피,

빨간 사과 한 알, 초콜릿 사탕 하나로도

상대방을 기쁘게 할 수 있어.

나의 행복 사전

앤의 행복 사전

기도

기도는 신과 친구처럼 나누는 이야기야.

이렇게 생각하면 기도가

그저 경건하고 엄숙한 의식처럼 여겨지지 않거든.

지난날을 감사하며 앞날에 대한 소망을 담은 기도를

꼭 창가에서 무릎 꿇고 해야 할 이유가 있을까?

나는 별이 많은 하늘 아래에서 기도할 때 더 진실해지거든.

나의 행복 사전

앤의 행복 사전

산책

산책은 우리를 사색으로 안내하는 철학자 같아.

걷다 보면 마음속 깊이 잠들어 있던 질문이

하나둘 깨어나 나에게 말을 걸어와.

그 답을 찾기 위해 머릿속에서는

사유의 물결이 잔잔히 일지.

발걸음 하나하나가 사색의 씨앗을 뿌리고,

바람에 실려 온 자연의 소리가 깨달음을 속삭여 줘.

나의 행복 사전

케이크

케이크는 기쁜 날에 절대 빠지지 않는 한 가지야.

완벽하게 우아한 즐거움을 주거든.

아무리 화가 난 사람도 예쁜 케이크를 선물로 받는다면

금세 마음이 누그러질걸.

케이크를 보고도 화를 풀지 않는다면 어떻게 해야 하냐고?

음, 그렇다면 꽃과 과일로 장식한 케이크를 안겨보렴.

나의 행복 사전

앤의 행복 사전

소풍

소풍은 계획하는 순간부터 이미 시작된 동화야.

무엇을 가져갈까? 누구랑 갈까?

어디로 갈까? 무엇을 하고 놀까?

마치 이야기의 얼개처럼 설렘이 서두를 열고,

즐거움이라는 본문이 펼쳐지고,

따뜻한 추억이 마무리를 장식하는

아름다운 이야기 한 편처럼 말이야.

나의 행복 사전

대화

대화는 지성의 향연이자 영혼의 교류야.

서로의 지식을 공유하고 감성을 풍요롭게 하니까.

선과 악을 구분할 줄 아는 사람들끼리는 고양이나 왕에 관한 것,

혹은 '우리는 어디서 와서 어디로 가는가?'와 같은 주제로

고매한 대화를 나눌 수 있어.

서로에게 해를 끼치지 않는 대화에는

특유의 맛과 향기가 더해지지.

나의 행복 사전

초대

초대는 서로에 대한 인정을 교환하는 일이야.

그러니 기쁜 마음으로 준비하고 감사히 응해야겠지.

날마다 누군가로부터 초대를 받는다면

내가 더 좋은 사람이 될 것 같다는 생각이 들어.

하지만 초대는 엄숙한 행사라는 사실을 잊어서는 안 돼.

예를 갖추고 정성을 다해야 하니까.

나의 행복 사전

앤의 행복 사전

책

책은 종이로 만든 보물 상자야.

열어 보지 않으면 무엇이 들어있는지 알 수 없는 신비로움,

한 번 열면 빠져들어 끝까지 탐험하고 싶은 설렘이 가득한 곳,

그게 바로 책이야. 그런데 참 이상하지.

다른 건 아낌없이 나누어 주면서도 책은 빌려주기 정말 싫거든.

그 이유가 뭘까?

나의 행복 사전

4장 태도

생각과 행동을 반듯하게 다지며

의무

의무는 누구에게나 주어지는 각자 몫의 짐이야.

언젠가는 내 차례가 돌아오지.

때로는 벗어날 수 없는 그 짐이 무겁게 느껴지기도 해.

하지만 의무라는 것도 마음을 열고

용기 있게 받아들이면 좋은 벗이 될 수 있어.

그렇게 해야 마음에도 평온이 찾아와.

나의 행복 사전

최선

최선이란 나에게 주어진 몫을

힘이 닿는 데까지 열심히 해내는 것.

매사에 온 정성과 힘을 쏟는 걸 말해.

예술의 시대를 살았던 건축가들이 매 순간,

눈에 보이지 않는 곳까지 정성을 기울인 이유는

신이 모든 곳을 보고 계시기 때문이지.

하지만 최선은 결국 자신을 위한 일이야.

나의 행복 사전

책임

책임은 진정한 어른임을 증명하는 방법이야.

자신이 저지른 실수에 대한 책임,

자기 행동에 대한 책임,

자기 인생에 대한 책임, 사랑하는 사람들에 대한 책임,

일에 대한 책임, 우정에 대한 책임,

공동체에 대한 책임을 다할 때

비로소 진정한 어른이 되었다고 말할 수 있지 않을까?

나의 행복 사전

앤의 행복 사전

직면

직면이란 삶을 정면으로 마주하며 부딪치는 용기야.

삶이라는 여정에는

예상치 못한 어려움과 실망이 자주 찾아오지만,

그것을 피하지 않는 사람은

그 안에서도 배울 점을 찾고,

새로운 의미를 만들어 가지.

그래서 직면은 자기 삶과 현실을 사랑하는

적극적인 방식이기도 해.

나의 행복 사전

예의

예의란 단순한 규범이 아니라

그 사람의 인격과 품격을 말해 주는 거울이야.

예의는 타인을 대하는 방식이자

어떤 가치관을 갖고 살아가는지 보여 주니까.

그래서 자연스럽게 몸에 배지 않은 예의는

어딘가 어색해 보여.

다른 사람에게 잘 보이기 위한 겉치레 예의는

금방 들키고 말아.

나의 행복 사전

정직

정직이란 거짓으로 얻는 이익을 거부하는 태도야.

일이든 사랑이든 우정이든,

모든 관계에서 정직은

단단한 뿌리처럼 우리를 지탱해 줘.

순간의 거짓으로 얻는 이득이 달콤해 보일지 몰라도,

결국에는 관계를 흔들고

서로에게 상처를 남긴다는 건 준엄한 진실이지.

나의 행복 사전

앤의 행복 사전

감사

감사는 마음의 습관 같은 거야.

햇살이 창가를 비출 때,

바람이 살랑이며 불어올 때,

다정하게 인사 나누는 순간에도

우리는 감사할 이유를 발견할 수 있으니까.

둘러보면 감사할 게 참 많아.

자연, 나의 일, 내가 사랑하는 사람들, 따뜻한 한 끼 식사,

무엇보다 평온한 하루에 감사해.

나의 행복 사전

친절

친절은 아무리 빨리 베풀어도 지나치지 않아.

그런데 사람들은 친절을 베풀 기회를 망설이거나

미루는 습관이 있더라.

친절은 언제나 빠를수록 좋고,

지나치게 이르다고 해서

문제가 생기지 않는데도 말이야.

오히려 계산하지 않는 즉각적인 친절이

더 큰 감동을 준단다.

나의 행복 사전

약속

약속은 관계를 깊어지게 하는 보이지 않는 끈이야.

사는 동안 수많은 약속을 하지만

거기에는 지킬 수 있는 약속이 있고,

지킬 수 없는 약속도 있어.

지킨 약속은 서로를 믿게 하고,

지키지 못한 약속은 우리를 후회하게 만들어.

나의 행복 사전

앤의 행복 사전

보은

보은이란 자신이 받은 친절과 사랑을

잊지 않고 되돌려주는 거야.

단순히 빚을 갚는 게 아니라

받은 은혜를 평생 기억하고 갚는 행위,

곧 사람을 사람답게 만드는 사랑의 순환이지.

받은 사랑이 또 다른 사랑으로 이어질 때

우리는 다정한 세상 속에서

사람답게 살 수 있어.

나의 행복 사전

정성

정성은 삶을 최고의 음식으로 만드는 레시피야.

매사에 정성을 다하는 삶은

자신과 타인을 기쁘게 하니까.

아무리 사소한 일이라도 정성을 다하면,

평범한 순간이 특별한 기억이 되고,

정성을 다한 삶은 세월이 흘러

하나의 작품이 되는 법이지.

나의 행복 사전

이해

이해란 그 사람이 살아온 날의 행간을 읽고
진실을 알아내는 통찰력이 아닐까?
단순한 동의나 동정이 아닌,
남의 사정을 헤아리고
너그러이 받아들일 줄 아는 속 깊은 마음,
상대방의 말 못 할 아픔을 헤아리고
감추어진 속마음까지 읽어 내는 것,
그것이야말로 진정한 이해의 시작이지.

나의 행복 사전

배움

배움은 죽기 전까지 멈추면 안 되는 삶의 방식이야.

인생은 배움의 연속이니까.

배움은 삶의 선택지를 넓혀 주고

새로운 기회를 만들어 줘.

공부를 열심히 하면 똑똑한 사람이 되고,

배움을 멈추지 않는 사람은

지혜로운 사람이 된다는 말을 기억하렴.

나의 행복 사전

초심

초심이란 어딜 가든, 무엇을 하든, 어떤 모습을 하고 있든
처음에 마음먹은 것을 유지하는 삶의 태도야.
가지를 다듬고 또 다른 가지를 뻗더라도
뿌리가 흔들리지 않는 게 중요하잖아.
첫 마음이 여전히 그곳에 있는지 자주 살피며 살면
자만심이나 나태함과 친해질 일은 없을 거야.

나의 행복 사전

5장 성장

더 나은 내가 되기 위해

꿈

꿈은 결코 나이를 먹지 않아.

나이가 들어서도 꿈을 품고,

느리지만 아름답게 달려가는 사람들이

이 사실을 증명해 주거든.

꿈을 품는다는 건 가슴 설레는 일이야.

설령 이루지 못한다 해도

꿈꿀 수 있다는 것만으로 얼마나 멋진 일이니?

꿈, 참으로 힘이 있는 단어야.

나의 행복 사전

앤의 행복 사전

이상

이상은 생각할 수 있는 범위 안에서

가장 완전하다고 여겨지는 상태를 말해.

그런데 이건 너무 재미없는 정의잖아.

앞선 이들은 이상을 품고 그것에 따라 살아야

장엄한 인생을 살 수 있다고 하지만,

이건 무척 어려운 일이야.

나는 나로 인해 사람들이 더 행복해지기를 바라거든.

그렇다면 이것도 이상일까?

나의 행복 사전

목표

목표란 앞으로 나아가게 하는 힘이야.

목표를 세우는 순간

더 열심히 살아야겠다고 다짐하게 되니까.

다만 그 목표가 가치 있는 것인지

먼저 확인하는 일이 중요해.

그런 다음에는 쟁기를 잡은 사람처럼 뒤돌아보지 말고

앞으로 나아가야겠지.

나의 행복 사전

용기

용기는 많은 것을 가능하게 만드는 삶의 재료야.

두려움에 맞서 나아가게 하고

새로운 길을 선택할 수 있는 힘을 주니까.

때로는 용기가 예상치 못한 위험이나 어려움을 불러오기도 해.

하지만 그 덕분에 인생이 더 흥미롭고 깊이 있게

느껴진다는 말에

모두가 고개를 끄덕일걸.

나의 행복 사전

도전

도전은 언제나 가치 있는 선택이야.

우리를 더 넓은 세상으로 이끄니까.

익숙한 울타리를 과감히 뛰어넘을 때

비로소 날개를 활짝 펴고 날아오를 수 있어.

설령 실패하거나 빈손으로 돌아온다 해도

성장이라는 수확을 거머쥐었으니

손해 보는 장사는 아니지.

나의 행복 사전

변화

변화는 때를 잘 알아서 찾아오는 손님 같아.

뭐든 딱 좋다 싶을 때 어김없이 나타나거든.

사람들은 변화를 그리 좋아하지 않지만

필요한 건 사실이야.

오래된 익숙함을 내려놓고

새것을 받아들일 줄 알아야

삶이라는 바퀴에 이끼가 끼지 않아.

나의 행복 사전

노력

노력은 원하는 것을 얻기 위해 꼭 치러야 하는 대가야.

일도, 사랑도, 우정도

노력하지 않고 성취할 수 있는 것은 없어.

그래서일까? 노력 끝에 무언가를 얻은 날 밤의 휴식은

아주 달콤하고 시원해.

애를 써 본 사람들만 아는 맛이랄까.

나의 행복 사전

실수

실수는 성장으로 가는 지름길이야.

다시는 같은 실수를 반복하지 않겠다고

다짐하고 조심하게 되거든.

사람은 누구나 실수하고 뉘우치고 거기서 교훈을 얻어.

그런데 실수라고 해서 모두 나쁜 건 아닌 것 같아.

행운으로 이어진 실수,

타인을 즐겁게 하는 실수도 있더라고.

나의 행복 사전

앤의 행복 사전

반성

반성은 나를 깎아내리는 일이 아니라,

단단하게 다듬어 가는 과정이야.

나의 언행에 잘못이나 부족함이 없는지 돌아보면

온통 부족함 투성이라는 걸 알게 돼.

하지만 이런 이유로 기가 죽거나

자신을 초라하게 느끼는 건 어리석은 짓이야.

더 나아질 기회를 얻었으니까.

나의 행복 사전

결심

결심은 발전적인 마음가짐이야.

무언가를 이루고야 말겠다는 각오이며,

더 나은 사람이 되겠다는 다짐이기도 하니까.

좋은 결심은 타인의 삶도 이롭게 해.

그러나 결심의 마무리는 실천이지.

아무리 훌륭한 결심도

실천하지 않으면 현실이 되지 않거든.

나의 행복 사전

확신

확신은 자신의 결정에 대한 믿음이야.

확신을 갖는다는 게 얼마나 기쁜 일인지 몰라.

누군가가 심어 준 것이 아니라

스스로 가진 확신이라면 더욱더.

그만큼 어려운 일이니까.

어떻게 해야 할지 몰라 망설여질 때는

아주 먼 훗날,

그때 생각해 봐도 참 잘했다고 여길 만한 일을 하면 돼.

나의 행복 사전

앤의 행복 사전

경쟁

다투어 이기는 것만이 경쟁의 전부는 아니야.

뛰어난 적수와 정정당당하게 겨뤄

이겼을 때의 기쁨은 말할 수 없이 크지만,

졌다고 해서 살 가치가 없어지는 건 아니잖아.

경쟁의 참 의미를 알고 나면

상대방은 꺾어야 할 대상이 아닌

같은 목표를 향해 나아가는

동반자라는 생각에 이르러.

나의 행복 사전

열정

어떤 일에 애정을 갖고 열중하는 마음을 열정이라고 하지.

지난날 내가 열정을 쏟은 일은 이름 짓기였어.

연인의 오솔길, 눈의 여왕, 보니, 하얀 숙녀, 반짝이는 호수,

유령의 숲, 제비꽃 골짜기, 윌로미어까지.

세상의 모든 것에 어울리는 이름을 찾아 주는 건

즐겁고도 가슴 뛰는 일이었단다.

나의 행복 사전

어른

어른이 되는 건 쉬운 일이 아닌데도 시간이 지나면

누구나 어른이 되기 마련이야.

하지만 그냥 어른보다 훌륭한 어른,

좋은 어른이 되는 게 중요하다고 생각해.

마릴라 아주머니, 매슈 아저씨, 스테이시 선생님,

앨런 부인처럼 말이야.

나는 매일매일 생각해.

'앤 셜리'라는 이름으로 살아가는 나는

과연 좋은 어른일까?

나의 행복 사전

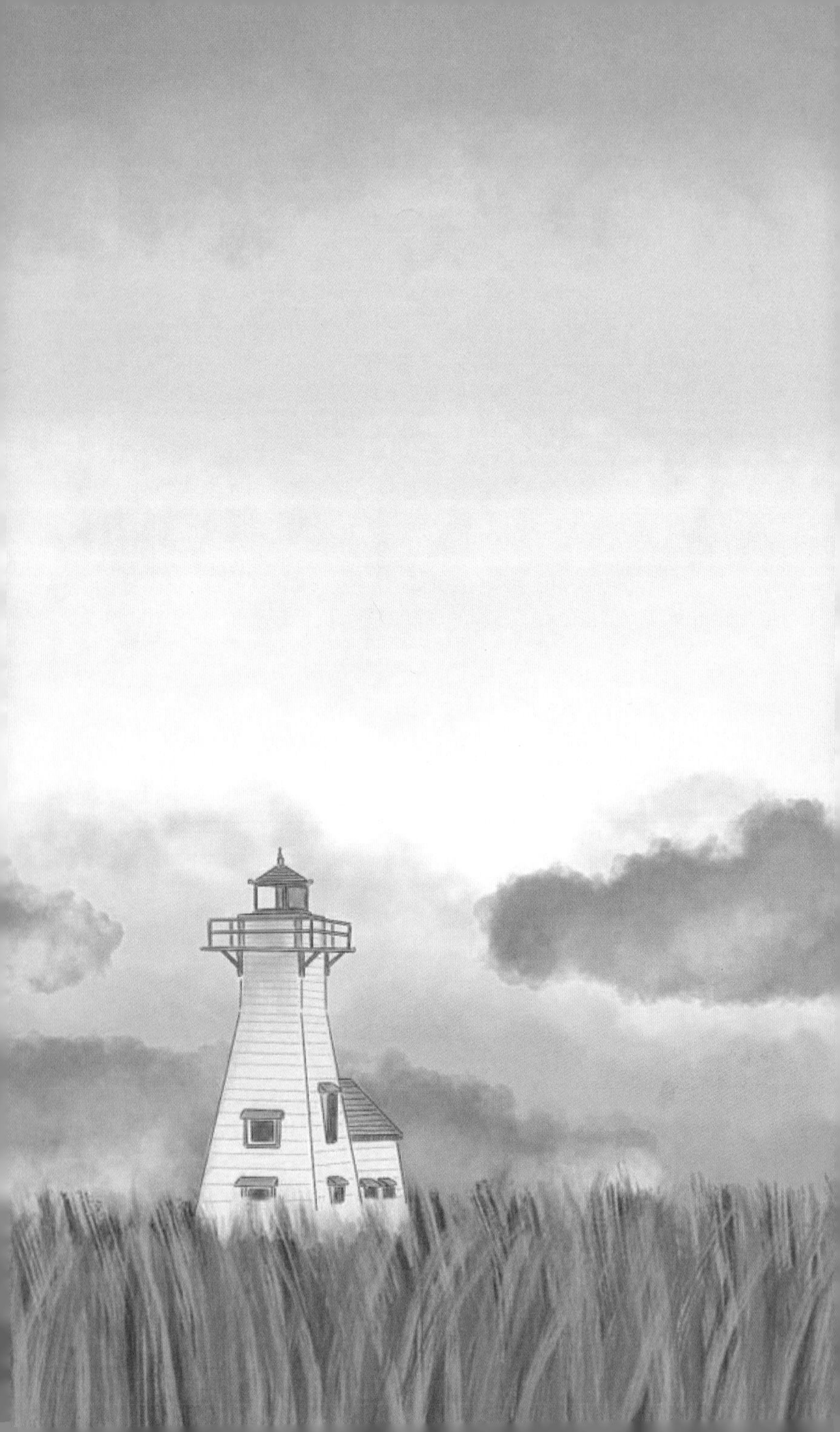

6장 치유

마음을 다독이고 보듬으며

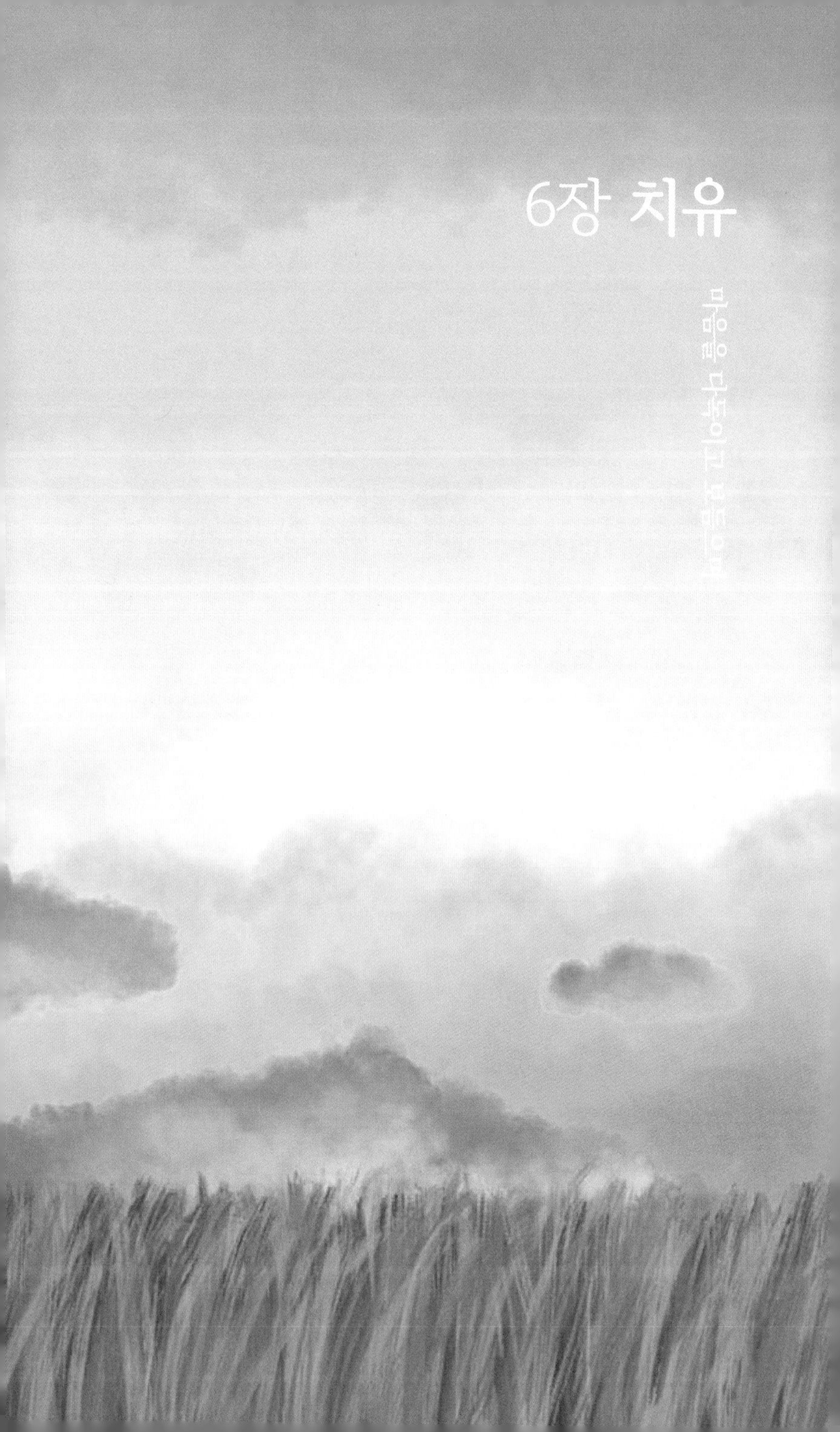

앤의 행복 사전

미움

‘미움은 길을 잘못 든 사랑’이라는 말이 있어.

서로를 미워하면서 오랜 세월 함께 사는 부부를 보면

그 말이 맞는 것 같아.

미움 뒤에는 사랑하는 마음이 있으니까.

원인과 시작은 달라도 누군가를 오래 미워하는 게

무척 힘든 일이란 것만은 분명해.

나의 행복 사전

용서

용서는 자신도 모르게 어느 순간 찾아오는 깨달음 같아.

세월이 흐르면 미워했던 기억마저 흐려지고

어느새 상대를 용서한 나 자신을 마주하게 되니까.

나이 들면서 좋은 점이 있다면

용서하는 법을 배우게 되는 일 같아.

앙심을 품는 게 얼마나 하찮은 일인지 깨닫게 되거든.

나의 행복 사전

시련

시련은 사람을 부쩍 철들게 해.

몸은 서서히 자라지만

정신은 하룻밤 사이에도 훌쩍 자랄 수 있거든.

시련이나 아픔이 하나도 없으면

발전하거나 성숙해질 수 없어.

하지만 이는 어디까지나

모든 위기와 슬픔을 극복하고

시간이 흘러 행복에 잠겼을 때

비로소 찾아오는 깨달음이야.

나의 행복 사전

앤의 행복 사전

만남

만남은 인생의 새로운 장章이야.

누군가를 만날 때마다 삶의 이야기가 새롭게 펼쳐지니까.

일도 마찬가지겠지.

새로운 환경도 그렇고.

길 잃은 고양이나 버려진 강아지를 만나 가족이 되기도 해.

그래서 만남은 단순한 사건이 아니라,

우리의 이야기가 시작되는

첫 페이지라고 말하고 싶어.

나의 행복 사전

앤의 행복 사전

이별

이별은 가슴 아프지만,

누구도 피할 수 없는 현실이야.

이별 없는 삶은 없다는 건

어린아이들도 다 아는 사실인걸.

가장 슬픈 이별은

사랑하는 사람을 떠나보내는 일이지.

그제야 그 사랑이 얼마나 깊었는지를

온전히 깨닫게 되는 것 같아.

나의 행복 사전

후회

후회는 어느 시의 한 구절처럼

'혀끝이나 펜촉에서 나오는 모든 말들 중에서

가장 슬픈 건 그때 그랬더라면' 하고 되뇌는 것.

삶은 오직 한 번뿐이며

지나간 시간은 돌이킬 수 없다는 깨달음에서 오는,

쓰라리지만 가장 인간적인 감정 같아.

나의 행복 사전

갈등

갈등은 더 좋은 관계로 거듭나기 위한 통과의례야.

갈등 없이 처음부터 끝까지 좋기만 한 사이가 있을까?

마음이 불편하다는 이유로

갈등을 피해 다니기만 하는 겁쟁이와는

결코 벗도 동료도 될 수 없어.

나의 행복 사전

화해

화해는 갈등의 단짝이야.

둘은 언제나 짝을 이루어 다니지.

둘은 극과 극이지만 서로를 가장 잘 이해해.

갈등이 있는 곳엔 늘 화해가 따라오고,

화해가 찾아오면

갈등은 조용히 자리를 내어주지.

화해는 갈등의 유일한 해결책이야.

나의 행복 사전

앤의 행복 사전

걱정

걱정은 꼬리에 꼬리를 물고 오는 골칫거리야.

한 가지 문제를 해결하면

곧바로 다른 문제가 찾아오니까.

걱정은 참 괴상한 녀석이란 생각이 들어.

걱정한다고 상황이 달라지는 것도 아닌데

걱정하고 있으면 적어도 내가 뭔가를 하고 있는 것 같아서

위안이 되거든.

나의 행복 사전

앤의 행복 사전

기쁨

기쁨은 인간이 지닌 모든 감정 중에서 으뜸이지만

쉽게 잊히곤 해.

우리가 슬픔을 빨리 잊는 법은 배우면서도,

기쁨을 오래 간직하는 법을 배우지 못했기 때문이지.

그래서 난 매일의 작은 기쁨을

한 올 한 올 엮어 감정 상자에 보관해.

햇살이 나뭇잎 사이로 반짝이는 순간,

산들바람이 뺨을 스치는 느낌,

첫눈 오는 날, 바삭거리는 낙엽,

친구의 다정한 미소 같은 것을 말이야.

나의 행복 사전

앤의 행복 사전

세월

흘러가는 시간은 자연이 주는 치유의 선물이야.

'시간이 약'이라는 말을 어떻게 생각해?

슬픔과 고통의 한가운데를 지날 때는

그 말이 공허하게 들리지만,

시간의 강을 건너며

우리는 비로소 그 말이 진리라는 사실을 깨달아.

나의 행복 사전

7장 함께

더 큰 사랑을 지향하며

집

집은 세상에서 가장 편안한 안식처야.

'동쪽에 가 봐도 서쪽에 가 봐도

내 집만 한 곳은 없다'라는 속담도 있듯이.

돌아갈 집이 있다는 건 참으로 행복한 일이야.

얼마나 든든한지 몰라.

이곳저곳 떠돌아도 세상의 모든 길은

끝내 집으로 향하게 되어 있으니까.

나의 행복 사전

결혼

결혼은 영원히 풀 수 없는 수수께끼 같아.

서로의 어디가 좋은 걸까?

도무지 이해되지 않는 한 쌍이 있거든.

그러기에 오히려 행복한 건지도 몰라.

확실한 건 결혼하고 나면 더 좋은 사람이 된다는 것,

마음이 맞는 사람과 결혼하면

행복하게 살 수 있다는 거야.

나의 행복 사전

앤의 행복 사전

가족

가족은 우리가 존재하는 가장 큰 이유야.

만약 신께서 내게

가진 것을 모두 버리고 하나만 남기라고 한다면

당연히 가족이지.

가족을 생각하면 웃음이 나. 기분이 좋아서 그래.

가끔은 눈물이 핑 돌고

때론 가슴이 뭉클해서 울컥해.

고마워서 그럴 거야.

나의 행복 사전

엄마

엄마는 사랑의 또 다른 이름이야.

아이의 모든 순간을 함께하고 지켜 주니까.

조그만 가슴에

모든 기쁨과 슬픔을 안고 달려오는 아이를

온몸으로 안아 주는 엄마.

가만히 불러보면 가슴 설레는 말이지.

엄마가 되는 건 달콤하면서도

두려운 일이기도 해.

나의 행복 사전

돌봄

돌봄은 단순한 책임이 아니라 순환하는 사랑이야.

받은 돌봄을 또 다른 이에게 전하며

세대와 사회를 연결시키니까.

어제 내가 받은 따뜻한 손길이

오늘 누군가에게 내미는 손이 될 때

사랑은 멈추지 않고 계속 이어지거든.

일방적인 돌봄은 없어.

모든 인간관계는 서로 돌봄이야.

나의 행복 사전

우정

우정은 고차원적인 교감의 세계야.

서로의 인격 성장과 이상 추구를 돕는 관계니까.

아름답고 충만한 인생을 살려면

우리는 높은 이상을 가진 우정을 추구해야 해.

그러니 진실하지 못한 행동으로

우정을 기만해서는 안 된단다.

우정이라는 이름을 가장한 친밀감에 속아서도 안 돼.

나의 행복 사전

앤의 행복 사전

이웃

이웃은 단순히 가까이 사는 이들이 아니라,

우리가 함께 살아가는 공간에서

서로에게 의미가 되는 사람들이야.

좋은 이웃을 얻는 유일한 방법은

먼저 좋은 이웃이 되는 거지.

아, 그런데 지금까지 좋은 이웃의 자격에 대해서는

생각해 본 적이 없네.

나의 행복 사전

나눔

나눔이란 마음의 결을 맞추며

세상을 함께 살아가는 방식이야.

따뜻한 말 한마디로, 때로는 작은 물건으로,

때로는 조용한 동행으로 이루어지지.

나눔은 크고 작은 것을 초월해.

나눔이 신비로운 이유는 나눌수록

내 안의 세계가 두 배로 풍요로워지기 때문이야.

나의 행복 사전

관심

관심은 단순한 호기심이나 참견이 아닌 애정이야.

우리는 사는 동안 사람과 세상 만물에 관심을 가져야 해.

작은 돌멩이 하나, 나무 한 그루, 꽃 한 송이도

저만의 이야기를 품고 있는데 하물며 사람이란?

이렇게 생각하는 게 관심의 시작 아닐까.

나의 행복 사전

연대

연대는 여럿이 함께 집을 짓는 일과 같아.

혼자서는 지을 수 없지만,

힘을 모으면 튼튼한 기둥이 세워지고

따뜻한 지붕이 덮이니까.

함께 지으니 바람에 흔들리지 않고,

함께 머물기에 든든해.

함께 길을 찾고, 함께 나아가며,

함께 책임을 나누는 일,

그것을 연대라고 하면 될까?

나의 행복 사전

에필로그

앤의 눈으로 보고 앤의 귀로 듣고 앤의 마음으로 느끼며

김은아

'앤' 하면 긍정의 아이콘을 가장 먼저 떠올리지만 여덟 권의 앤 이야기를 모두 읽은 독자들은 앤의 입체적인 모습에 매력을 느낀다. 감수성이 풍부한 데다 예민한 기질을 타고난 앤은 어릴 적에 매사 마음을 깊이 쏟으며 자신을 들볶았다. 부정적인 평가에 취약했기에 모든 사람이 자신을 사랑해 주기를 바랐으며, 화도 '버럭' 잘 냈다. 무엇 하나에 기뻐서 날아올랐다가 뜻한 대로 되지 않을 때는 끝없는 심연으로 빠져들었다. 앤의 충동성은 크고 작은 실수를 불러왔으며, 어떤 사건은 주위 사람들의 심장을 철렁 내려앉게 했다.

하지만 어릴 적부터 어른이 된 후로도 변함없이 유지한 본성이 있었으니 바로 '정의감'과 '이타심'이다. 그래서 앤은 누군가가 걸어오는 싸움을 피하지 않고 받아들였으며, 가벼운 수를 쓰는 대신 정직과 단호함으로 맞섰다. 싸움의 목적은 승리가 아닌 조화로운 삶이었다. 앤은 친구든, 이웃이든, 자신이 가르치는 제자든 안타까운 처지에 있는 사람을 돕는 데도 적극적이었다. 자신이 살고 있는 마을의 발전을 위해서도 앞장서 힘을 쏟았다. 그래서 처음에는 부모 없는 고아에 빨간 머리를 가졌다는 이유로 낮잡아 보던 사람들도 시간이 지나면서 앤의 진심과 소신에 빠져들어 나중에는 적극적인 지지자가 된다.

앤은 좋은 것을 더 많이 갖겠다는 욕심을 내거나 다른 사람을 시기하고 질투하는 일 따위는 하지 않았다. '시기'와 '질투'는 앤의 인생 사전에 존재하지 않는 단어다. 열네 살이 되면서부터는 사랑하는 이들과 함께 기뻐하고 슬퍼하고 나누고 공유하면서 더불어 살아가는 데 집중했다. 앤은 좋은 어른, 훌륭한 어른이 되고자 했기에 끊임없이 자신의 언행에 잘못이나 부족함이 없는지 돌아보았다. 그래서 나는 앤에게 별명을 지어 주었다. 반성과 실천의 달인!

『앤의 행복 사전』이라는 제목에 어울리는 글을 썼는지 모르겠다. 개인심리학의 창시자인 알프레트 아들러(Alfred Adler, 1870~1937)는 "다른 사람의 눈으로 보고 다른 사람의 귀로 듣고 다른 사람의 마음으로 느끼는 것"을 공감이라고 정의했다. 그 말을 새기며 앤이 사랑한 단어를 앤의 눈으로 보고 앤의 귀로 듣고 앤의 마음으로 느껴보았다. 앤이 사랑한 단어들을 모아 놓고 나니 부자가 된 기분이다. 이 행복감을 널리 나누고 싶다.

괜히 혼자 설레발친다. 누구도 하지 않을 질문에 답을 준비하면서. '이 책에 실린 87개 중에서 가장 좋아하는 단어를 꼽는다면요? 그 이유는 무엇인가요?' '당신의 인생 단어는 무엇인가요? 그리고 어떻게 정의할 건가요?'

이 책의 끝자락에 닿으니 많은 이들의 얼굴이 떠오른다. 나의 소중한 사람들에게 "미안해요" "고마워요" "사랑해요"라는 말을 전한다. 모두의 안녕과 행복을 소망하며.

단조로운 일상에 마법 같은 순간을 꿈꾸며

하선정

행복이란 무엇일까?

사랑하고 감사하며 지금 이 순간을 살아가는 것이라 생각한다.

살포시 떨어지는 따사로운 햇살, 시원하게 불어오는 바람, 포근한 담요, 그리고 이 글을 쓰고 있는 이 평온한 순간이 참 감사하다. 나를 응원해 주는 가족과 친구, 건강한 몸과 마음, 나를 빛나게 하는 나의 일, 시원한 커피 한 모금과 달콤한 케이크 한 입을 사랑한다. 이렇게 감사와 사랑투성이들이 하루를 가득 채워 주고, 이 하루하루가 모여 반짝이고 풍요로운 나의 삶이 됨을 믿는다. 『앤의 행복 사전』은 이처럼 우리 삶을 채워 주는 것들을 알아차리게 해 준다.

단어가 주는 힘은 대단한 것 같다. 『앤의 행복 사전』의 차례만 펼쳐 두고 있어도 아름답고 눈부신 단어들이 상상의 나래를 펼치며 마음을 충만하게 한다. 은아 작가님이 이 단어들을 따사롭게 풀어내 행복의 씨앗을 전했다면, 독자들이 사각사각 필사로 피워 낸 꽃에 내 그림이 알록달록한 향기를 입힐 수 있길 바란다.

앤이 풀어낸 상상의 세계는 단조로운 일상에 마법 같은 순간을 선물한다.

간지의 장면들은 이러한 선물 같은 순간을 그린 것이다. 잠시 멈춰, 고요한 이 순간에 머물러 보기를 바라며 작업했다. 광활한 유채꽃밭에 우두커니 홀로 서 있는 가문비나무는 든든한 침묵의 상담사다. 늘 한결같은 모습으로 시원한 그늘과 든든한 어깨를 내어주며 우리를 품어 줄 수 있는 존재다. 풀벌레 소리만 가득한 어둠 속에서 눈부시게 빛을 내는 별들, 햇빛과 호수의 하모니로 만들어진 윤슬, 삶에 어둠이 드리울 때면 묵묵히 빛을 밝혀 줄 등대, 끊임없이 흐르는 물줄기가 개울이 되고 강이 되고 바다가 되어 다시 물줄기로 돌아오는 자연의 섭리처럼 인간의 삶도 자연과 다름없음을 앤이 묘사한 자연으로 풀어 보았다.

컬러링 그림에서도 자연이 우리를 품고 있음을, 우리는 자연의 일부임을, 우리는 자연과 동물 그리고 사람들과의 관계 속에서 살아가고 있음을 담고 싶었다.

눈의 여왕이 포근하게 감싸고 있는 초록지붕집, 이웃과 가족의 정과 사랑을 나눌 수 있는 따뜻한 응접실, 수면에 비친 어여쁜 자기 모습에 푹 빠진 자두나무 소녀, 포근한 봄 햇살과 보랏빛 향기로 차려진 소풍에 찾아온 귀여운 손님들, 그리고 책 끝에서 펼쳐진 연인의 오솔길에 살고 있는 드라이어드 요정을 상상해 보았다.

무지갯빛 가득한 무지개 골짜기에서는 앤의 아이들이 주로 송어를 잡아먹었지만, 이 그림에서만큼은 모든 생명이 행복하길 바라는 마음을 담아 송어 가족의 행복도 그려 보았다.

작은 씨앗이 나무가 되어 꽃을 피우고 열매를 맺기까지 모든 순간이 경이롭고 눈부신 무지개를 품고 있음을 사과나무에 담아 보았고, 푸른 바다와 대비되어 더 눈부시게 빛나는 노란 유채꽃밭에서는 앤이 이웃의 소를 팔아버린 에피소드를 상상해 보았다.

여러 장면 속에 개미, 무당벌레, 달팽이 같은 작은 생명과 요정들이 함께하고 있다. 이러한 작고 반짝이는 무언가를 발견하는 재미도 꼭 챙기길, 곁에 두고 습관처럼 펼쳐보는 행복 사전이 되길, 습관처럼 내 행복을 찾아가길, 습관처럼 행복해지길 소망한다.

참고한 자료

단행본

- **그린게이블즈 빨강머리 앤(1~10권)**, 루시 모드 몽고메리 지음, 계창훈 그림 김유경 옮김, 동서문화사, 2014.
- **내 안의 빨강머리 앤**, 루시 모드 몽고메리 지음, 황의웅 옮김, 랜덤하우스코리아, 2007.
- **루시 몽고메리의 빨강 머리 앤 스크랩북**, 엘리자베스 롤린스 에펄리 지음, 박혜원 옮김, 더모던, 2020.
- **빨강머리 앤(1~8권)**, 루시 모드 몽고메리 지음, 유보라 그림, 오수원 옮김, 현대지성사, 2023.
- **빨강머리 앤이 사랑한 풍경**, 캐서린 리드 지음, 정현진 옮김, 터치아트, 2019.
- **빨강 머리 앤의 정원**, 박미나 지음, 루시 모드 몽고메리 원작, 김잔디 옮김, 지금이책, 2021.
- **앤과 함께 프린스에드워드섬을 걷다**, 김은아 김희준 지음, 담다, 2024.
- **에이번리의 앤**, 루시 모드 몽고메리 지음, 김서령 옮김, 허밍버드, 2017.
- **에이번리의 앤**, 루시 모드 몽고메리 지음, 김지혁 그림, 정지현 옮김, 인디고, 2014.
- **초판본 빨강머리 앤**, 루시 모드 몽고메리 지음, 박혜원 옮김, 더스토리, 2020.
- **초판본 에이번리의 앤**, 루시 모드 몽고메리 지음, 박혜원 옮김, 더스토리, 2020.
- **친애하는 나의 앤, 우리의 계절에게**, 김은아 지음, 왓이프아이디어, 2024.

원서

· *A Writer's Garden*, Inspired Photographs With L. M. Montgomery, Nimbus Publishing, 2004.

· *Anne of Avonlea*, L. M. Montgomery, Bantam Books, 1991.

· *Anne of Avonlea*, L. M. Montgomery, Hachette, 2019.

· *Anne of Green Gables*, L. M. Montgomery, Bantam Books, 1991.

· *Anne of Green Gables*, L. M. Montgomery, Hachette, 2019.

· *Anne of Ingleside*, L. M. Montgomery, Bantam Books, 1991.

· *Anne of Ingleside*, L. M. Montgomery, Hachette, 2019.

· *Anne of the Island*, L. M. Montgomery, Bantam Books, 1991.

· *Anne of the Island*, L. M. Montgomery, Hachette, 2019.

· *Anne of Windy Poplars*, L. M. Montgomery, Bantam Books, 1991.

· *Anne of Windy Poplars*, L. M. Montgomery, Hachette, 2019.

· *Anne's House of Dreams*, L. M. Montgomery, Bantam Books, 1991.

· *Anne's House of Dreams*, L. M. Montgomery, Hachette, 2019.

· *The Anne of Green Gables Treasury*, Carolyn Strom Collins&Christina Wyss Eriksson, Ingleside Impression, 2008.

· *Rainbow Valley*, L. M. Montgomery, Bantam Books, 1991.

· *Rainbow Valley*, L. M. Montgomery, Hachette, 2019.

· *Rilla of Ingleside*, L. M. Montgomery, Bantam Books, 1991.

· *Rilla of Ingleside*, L. M. Montgomery, Hachette, 2019.

앤의 첫 번째 집

반짝이는 호수

연인의 오솔길

앤이 사랑한 순간

유령의 숲

가을의 과수원

붉은 해변길

제비꽃과 클로버로 가득한 들판

무지개 골짜기

앤의 행복 사전

초판 1쇄 발행 2025년 5월 23일

글 김은아 **그림** 하선정

펴낸이 김수영

경영지원 최이정 · 박성주 **마케팅** 박지윤 · 여원 **브랜딩** 박선영 · 장윤희

교정·교열 김민지 **디자인** 디자인스튜디오 마음

펴낸곳 담다

출판등록 제25100-2018-2호 (2018년 1월 9일)

주소 대구광역시 달서구 문화회관길 165, 대구출판산업지원센터 402호

전화 070.8262.2645 **이메일** damdanuri@naver.com

인스타 @damda_book **블로그** blog.naver.com/damdanuri

ISBN 979-11-89784-63-8 (03800)

도서출판담다

도서출판 담다는 생각과 마음을 담은 원고를 기다리고 있습니다.
작가의 꿈을 이루고 싶은 분은 이메일 damdanuri@naver.com으로
출간기획서와 원고를 보내 주세요.